14638

Épître

AUX ROMANTIQUES.

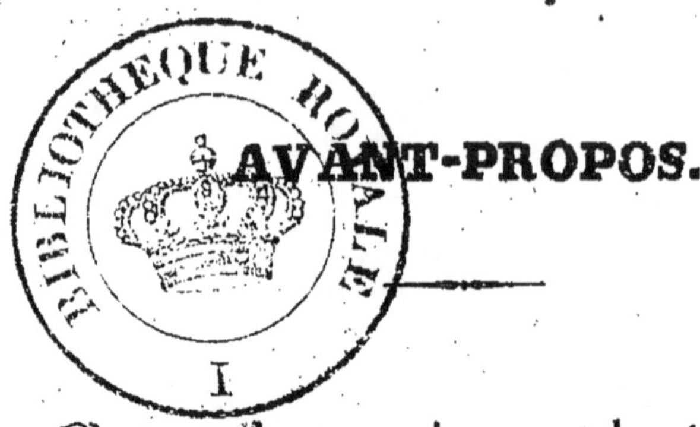

AVANT-PROPOS.

I

C'est quelques mois avant la révolution de juillet (au mois de mai 1830) que je fis cette épitre. Le peu d'importance que je dus y mettre me l'a fait garder jusqu'à ce jour ; mais enfin je me détermine à la publier. Je n'ignore pas que, si on daigne l'apercevoir, elle pourra déplaire à bien des gens, car l'esprit de parti, si intolérant de sa nature, divise la littérature comme la politique, et mêle le fiel et l'aigreur à cette source d'ambroisie que le ciel accorde au genre humain pour l'adoucir et le charmer; mais, quand on voit sa tombe ouverte, quand on est prêt à s'y réfugier, on perd la crainte des critiques, que bientôt on n'entendra plus. Je laisse donc sortir de mon porte-feuille ce dernier fruit d'un faible talent qui n'a jamais eu que la nature pour mobile et pour guide.

Épître

Aux Romantiques.

Et désperant d'actaindre aux beaux escripts ,
Ils ont finé par n'en sentir le prilx.
Clotilde de SURVILLE.

MAI 1830.

Toi dont la muse est si chérie ,
Béranger , toi qu'on aime en aimant la patrie ,
Toi qui lui consacras et tes vers et tes vœux ,
Poète plein de verve et novateur heureux ,
Qui, tour à tour malin , joyeux , tendre ou sublime ,
Sais si bien en rimant faire oublier la rime ,
Viens renverser des Goths le triomphe insolent.
De Racine, Ronsard ose usurper la place.

Que ton vers , facile et brillant ,
Rappelle le bon goût, l'harmonie et la grâce.
Viens accomplir sur le Parnasse

1*

La mission divine imposée au talent.

Talent ! don précieux , source fatale et chère
    D'égarement et de lumière,
Ah ! pourquoi n'as-tu pas pour embellir ton cours ,
T'animer , t'éclairer , et t'inspirer toujours,
Un cœur sensible et pur , un esprit juste et sage ,
Et du mérite enfin le modeste courage ?
Pour être toujours lu , puise dans ce trésor :
Sans ces dons généreux , quel que soit ton essor,
Tes veilles dans nos cœurs ne laissent point de trace.
Dans la nue en naissant l'éclair brille et s'efface ;
Ainsi ton étincelle aux yeux qu'elle surprit
S'élève, et disparaît sans laisser de lumière.
    Par la raison si tu n'es pas conduit ,
Si sa voix rigoureuse est pour toi trop austère ,
Si tu braves le goût, si l'orgueil t'éblouit ,
Si tu n'as pour la langue une oreille sévère ,
Quels que soient tes échos, ta vogue est passagère ;
Tu tombes sans mémoire et rien ne reste écrit
Dans le nuage obscur où vient passer ta flamme :
Tu n'es touchant et beau qu'avec une belle âme ,
Tu n'es durable et vrai qu'avec un bon esprit.
Mais hélas ! aujourd'hui la jeunesse volage
De tes nobles présens fait un funeste usage.

Elle suit , s'admirant pour quelques traits épars ,
Le style vagabond d'une muse sauvage ,
        Et tu te perds dans ses écarts.
En t'éloignant du vrai, du goût, de la pensée,
Écrivant pour écrire , et de jouir pressée ,
        Au Pinde elle croit arriver ,
Et juge la nature avant de l'observer.
            Quand elle obtiendrait pour salaire
            Tous les bravos de nos salons ,
L'art est-il ton seul but, et ne dois-tu que plaire ?
Phébus pour t'éclairer n'a-t-il plus ses rayons ?
N'es-tu qu'une arme vaine ou qu'un jouet futile ?
Non , plaire est ton moyen , ton but est d'être utile.
Par des sentimens vrais , maître de tous les cœurs ,
Tu dois élever l'âme et corriger les mœurs.
De ton langage heureux que l'aimable puissance
Apporte ton flambeau dans mon intelligence ;
Dis les devoirs de l'homme et ceux du citoyen.
Du mortel opprimé sois toujours le soutien.
            Par la pitié , par l'indulgence ,
            Et par la douce tolérance ,
Instruis , éclaire , anime , unis le genre humain.
Vers le beau , vers le bien , que ta voix nous attir
C'est peu de le montrer , il faut qu'elle l'inspire.
Dis surtout , dis encor , dans ton charme divin ,

Le nom si doux de ma patrie.
Sois tout amour pour elle ; à ceux qui l'ont servie
    Prodigue tes plus doux accens ;
Honore leurs vertus et célèbre leurs chants.
Mais , la postérité pourra-t-elle le croire ?
Viens , hâte-toi de luire et devance l'histoire
    Pour déplorer de tels excès.
Nos lauriers les plus purs , notre plus belle gloire ,
Notre Parnasse enfin , à l'orgueil des Anglais
    Est immolé..... par des Français !
    Leur nouveau culte sacrifie
A des dieux étrangers les dieux de la patrie !
    Dans leur caprice audacieux ,
    Ils prétendent tuer Voltaire ,
    Puis nous faire oublier Molière ,
Lafontaine , Racine , et la langue des dieux ;
    Ils t'épargnent , divin Corneille ;
Non qu'à l'Eschile anglais , leur unique merveille ,
Ils veuillent t'égaler ; mais leur burlesque essaim
    A t'admirer veut bien descendre ;
    Ils ont en cela leur dessein.
    rabaisser ton nom qui peut oser prétendre ?
    règne au double mont ; mais de ces lieux si hauts,
    brille ton génie , où plane ta mémoire ,
Tu tombes quelquefois , et c'est de tes défauts,

Imités , copiés , qu'ils composent leur gloire.
Racine , tu n'es plus , toi dont l'art enchanteur
Nous prouve que l'oreille est le chemin du cœur *.
En butte à leurs sifflets , garde-toi de renaître.
Du Parnasse à jamais ils te font disparaître.
Ils t'ont banni , honni ; tu parles trop français ,
Cela n'est plus de mode , il nous faut de l'anglais.
Va retrouver Boileau ; loin de la double cime ,
Au lieu de nous juger , qu'il apprenne avec toi ,
Que pour l'art il n'est plus de règle ni de loi.
Il fut pur , élégant , souvent même sublime ;
Il éclaire l'esprit , satisfait la raison ;
Il donne un sel piquant à son humeur austère ;
On admirait son goût et sa grâce sévère ;
Mais sa grâce , son goût ne sont plus de saison.
Nous l'entendons toujours ; vraiment voilà son crime ;
Nous aimons le pathos et la confusion :
Pour faire de beaux vers il suffit de la rime ,
Et de ces grands talens si long-temps révérés ,
Nous ne parlerons plus , puisqu'ils sont enterrés.

Hélas ! ce siècle de victoire
Fut mêlé de honte et de gloire.

* Mot très connu , mais bien applicable ici.

Tandis qu'il nous éblouissait ,
Entraînait nos esprits et terrassait l'envie ,
Au despotisme altier la France applaudissait ,
Et l'ignorance encor de tant d'erreurs suivie ,
Étouffant la pensée , égarait tous les cœurs.
La France était alors de la France ennemie.
Des enfans de Calvin qui ne sait les douleurs a ?
      Dans ces jours d'absurdes fureurs ,
Le paisible habitant , chargé de sa misère ,
Réduit à fuir le sol baigné de ses sueurs ,
Cherche une autre patrie, à son cœur bien moins chère!
Poursuivi, menacé par le glaive ou les fers ,
Il est encor pour lui de plus cruels revers.
L'hymen lui souriait , il est époux et père ,
Et l'enfant, que saisit une main mercenaire ,
      Est , malgré ses pleurs douloureux ,
      Arraché des bras de sa mère.
Dans le sang des Français un fanatisme affreux,
Sans en frémir , hélas ! étouffait le murmure
Qu'à leurs débris fumans demandait la nature ;
Et jamais la Pitié , dans ces jours désastreux ,
S'éveillant à leurs cris , n'osa parler pour eux,
Mais , brillant de génie , éclatant de lumière ,
Voltaire vient , il parle , et le monde s'éclaire.
C'est à l'humanité qu'il consacre son art ;

Son cœur sait nous prouver que c'est Dieu qu'on outrage,
Lorsqu'en croyant lui plaire on détruit son ouvrage.
Aux mains du fanatisme arrachant le poignard ,
Sa muse le poursuit ; l'accable , le terrasse ;
La tolérance heureuse a pris enfin sa place.
Le sang ne coule plus ; et chacun à son gré
Peut suivre de son Dieu le précepte sacré.
Si de nos pas vers lui soutenant la faiblesse ,
De ce Dieu tout-puissant l'indulgente sagesse
Ne nous conduit pas tous par les mêmes chemins ,
  A tous il dit : Soyez humains.
  Ces mots divins , en traits de flamme
  Qui les réveilla dans notre âme ?
Ah ! quand nous frémissons au mot *Barthélemi*,
Comment ne pas bénir le chantre de Henri ?
Son esprit vaste et clair ouvrit toutes les routes.
Aux pieds de l'Éternel il déposa ses doutes ;
Et d'un Dieu qui nous aime , oh ! qu'il a mis de soin *b*
A nourrir dans nos cœurs le consolant besoin !
Son siècle , bien qu'encore il ait plus d'un apôtre ,
Méconnut de ce Dieu la suprême bonté ;
A force de lumière il sut en faire un autre ;
Voltaire à des chrétiens apprit la charité.
Dans l'asile de paix par sa muse enchanté ,
Dont ses veilles souvent réclamaient le silence ,

Il servait, consolait, prêchait l'humanité e,
      Et, toujours fidèle à la France,
      Il préparait la liberté
Que son cœur adorait et que sa muse encense.
Qui sut mieux dans sa course avec facilité,
Passer du grave au doux, du plaisant au sévère *,
Et dans un vers malin glisser la vérité ?
Son esprit fut profond et sa plume légère ;
Athlète infatigable autant que redouté,
Dans le cours orageux de sa longue carrière
Il eut pour ennemis tous ceux de la lumière.
Mais partout il fut lu : ses traits toujours nouveaux
A son gré du Parnasse étendaient le domaine,
Et le français devint la langue européenne.
L'Europe avait grand tort : de nos jeunes cerveaux,
Mes chers concitoyens, admirons les oracles ;
C'est sans aucun talent qu'il fit tous ces miracles.
      Les ingrats ! s'ils sont aujourd'hui
Libres dans leurs foyers, libres dans leur croyance,
S'ils vivent dans un siècle où luit la tolérance,
Et s'ils peuvent tout dire, ils le doivent à lui.
Qui passera ses jours, loin d'un monde futile,
A dessiller nos yeux en charmant nos esprits,

* Boileau.

Lorsque dans chacun d'eux il rencontre un Zoïle
Qui sur tant de lauriers croit verser le mépris ?
De sa célébrité chaque peuple est épris ;
    Chaque peuple se glorifie
    D'avoir vu naître dans son sein
Ces mortels inspirés par un souffle divin ;
Qu'au sommet du Parnasse élève le génie ;—
Et malgré leur éclat, à nos regards surpris *d*,
Chez nous, par nos enfans, les nôtres sont proscrits !
Ah ! si nous oublions, céleste poésie,
    Ta ravissante mélodie ;
    Si, marchant d'abus en abus,
Nous voyons triompher de ces nouveaux élus
    L'ingratitude et la démence,
    Béranger, tu ne diras plus :
    Honneur aux enfans de la France !
Mais d'un autre avenir embrassons l'espérance,
    Je suis Française, et pour mon cœur
    Cette pensée est un malheur.
Si chez nous la jeunesse est trop présomptueuse,
Elle est sensible, aimable, et surtout généreuse.
Trop souvent dans l'erreur l'orgueil peut la plonger ;
Mais l'erreur, mais l'orgueil peuvent se corriger.
Elle semble voler, toujours plus studieuse,
Dans les sentiers divers qui mènent au savoir,

Dont chaque jour pour elle on agrandit la sphère.
Oui, malgré les efforts d'une ignorance altière *,
Elle est de la patrie et l'amour et l'espoir.
Plus mûre et plus modeste, elle en sera la gloire.
De nos grands écrivains honorer la mémoire
          Fut jadis son plus cher devoir,
Et de leur renommée elle se montrait fière.
Ah ! ne sait-elle plus d'où nous vint la lumière ?
Et de son inconstance éprouvant les travers,
Le génie est-il donc sujet à des revers ?
Est-ce bien aujourd'hui cette même jeunesse
Que Paris vit, brillante et de joie et d'ivresse,
          Applaudir avec l'univers
Celui qui soixante ans sut l'instruire et lui plaire ?
Est-ce elle que Racine et ses divins concerts
Avaient accoutumée au charme des beaux vers ?
Qui, se précipitant sur les pas de Voltaire,
Vit l'espoir de la France et ses destins nouveaux
Sur son front sillonné par l'âge et les travaux ?
Quoi ! c'est à Paris même, où brille sa mémoire,
Que nos jeunes Français voudraient mettre en lambeaux
          Tous les monumens de sa gloire !
Non, non, de cette gloire ils se feront honneur ;

* Voyez la date de cette épître.

L'esprit est égaré, le mal n'est point au cœur ;
De cet accès d'humeur la folie est visible ,
Et tant d'ingratitude enfin n'est pas possible.
On les verra chérir ce talent créateur
          Qui fut avec tant de constance
L'apôtre de l'étude et de la bienfaisance.
Ils sauront , dédaignant les traces de Ronsard ,
          Que la poésie est un art ;
Qu'au sein de la nature il mûrit en silence ;
Qu'il est le fils du temps , de la persévérance ,
Et qu'on n'est pas poète en rimant au hasard.
A la langue des dieux ils rendront sa puissance ,
Et s'il faut au génie élever des autels ,
Ils se ressouviendront dans leur munificence
Qu'en France nous avons aussi nos immortels.
De la gloire et des arts ils seront l'espérance.
Par l'esprit, la raison , par nos cœurs applaudis ,
Leurs chants deviendront purs, et notre heureuse France
A leurs jeunes vertus reconnaîtra ses fils.

Toi dont la muse aimable et l'heureux caractère
Sans fiel et sans aigreur poursuivent les abus ,
Béranger , si tes vers du trône à la chaumière
          Sont toujours chantés , toujours lus ,
          Et par tous les cœurs retenus ,

C'est que tu fais mieux que de plaire.

Dans l'ode au vol divin, que tu nommes chanson,
Du goût et du bon sens tu graves la leçon.
Ainsi, d'un beau talent la course lumineuse
Dans nos esprits charmés laisse sa trace heureuse ;
Il émane du ciel, du ciel il est un don
Quand par lui le génie anime la raison.
Sur nos jeunes Français j'en crois ton influence,
Pour applaudir tes chants, oui, j'en crois leur accord.

Avec toi nous dirons encor :
Honneur aux enfans de la France !

Victoire BABOIS.

NOTES.

a Des enfans de Calvin qui ne sait les douleurs ?

Cette faible esquisse ne peut pas être taxée d'exagération. L'histoire est là, et l'on peut encore lire le duc de Saint-Simon, bien irrécusable sur ces sortes de matières.

b Et d'un Dieu qui nous aime, etc.

Si Dieu n'existait pas, il faudrait l'inventer.
Tout atteste d'un Dieu l'éternelle existence.
On ne peut le comprendre ; on ne peut l'ignorer ;
La voix de l'univers atteste sa puissance,
Et la voix de nos cœurs dit qu'il faut l'adorer.

VOLTAIRE.

Et tant d'autres passages, vers et prose, où tout respire la croyance et le besoin d'un Dieu.

c Il servait, consolait, prêchait l'humanité.

Les Sirven, les Calas, la création de Ferney, et une foule d'autres bienfaits exprimés d'une manière si modeste et si touchante par ce vers :

J'ai fait un peu de bien, c'est mon plus bel ouvrage.

Je n'ignore pas ce que, néanmoins, on peut reprocher à Voltaire : mais il suffit ici que tout ce que je dis soit vrai ; d'ailleurs, on peut objecter à ceux

2*

qui, sans attrait pour ses talens, le jugent pourtant
avec quelque impartialité, car aux autres il ne faut
pas parler, on peut leur objecter, dis-je, qu'il y a
des défauts inhérens aux plus belles, aux plus hautes
qualités du cœur et de l'esprit. La nature fait de
grands hommes; elle n'en fait point qui soient parfaits;
et, comme Voltaire l'a dit lui-même,

> La vertu la plus pure
> A ses jours d'iniquité.

Qui ne s'étonnerait aujourd'hui de voir notre jeunesse frapper d'anathème le plus redoutable adversaire
de l'intolérance religieuse, de l'arbitraire, et de tous
les abus sous lesquels nous gémissions alors. On ne
relève que ce qui accuse le grand homme, et l'on
oublie beaucoup trop tout ce qu'on lui doit.

d Et malgré leur éclat à nos regards surpris.

Nous devons la justice, et nous donnons notre ad-
miration, à toutes les beautés grandes et neuves que
l'on trouve chez quelques écrivains allemands, anglais
et autres; mais il faudrait, n'en déplaise aux apôtres
du mauvais goût, dégager toutes ces beautés des in-
cohérences qui les déparent et qui appartiennent à des
siècles de barbarie auxquels le génie même paie son
tribut. Ne serait-il pas juste aussi d'admirer avec
encore plus d'amour, et surtout plus de gloire, toutes
les beautés qui abondent chez nos grands poètes avec
une lumière bien plus soutenue ?

Imprimerie de DEZAUCHE, faubourg Montmartre, n° 1.